FELIPE CALIXTO

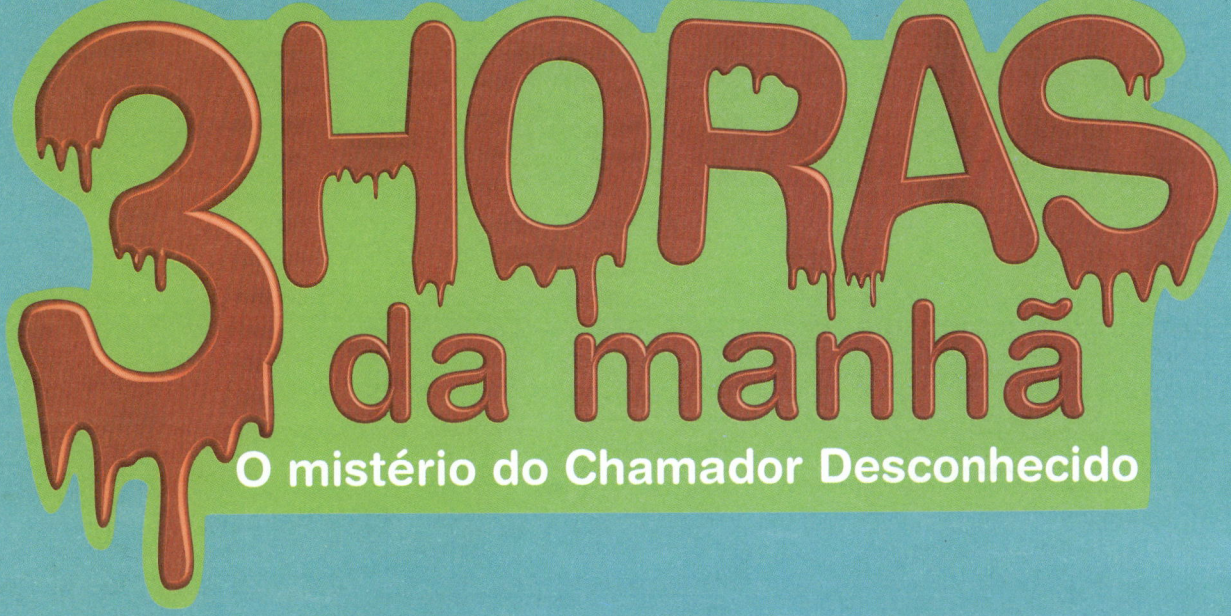

3 HORAS da manhã
O mistério do Chamador Desconhecido

Companhia Editora Nacional

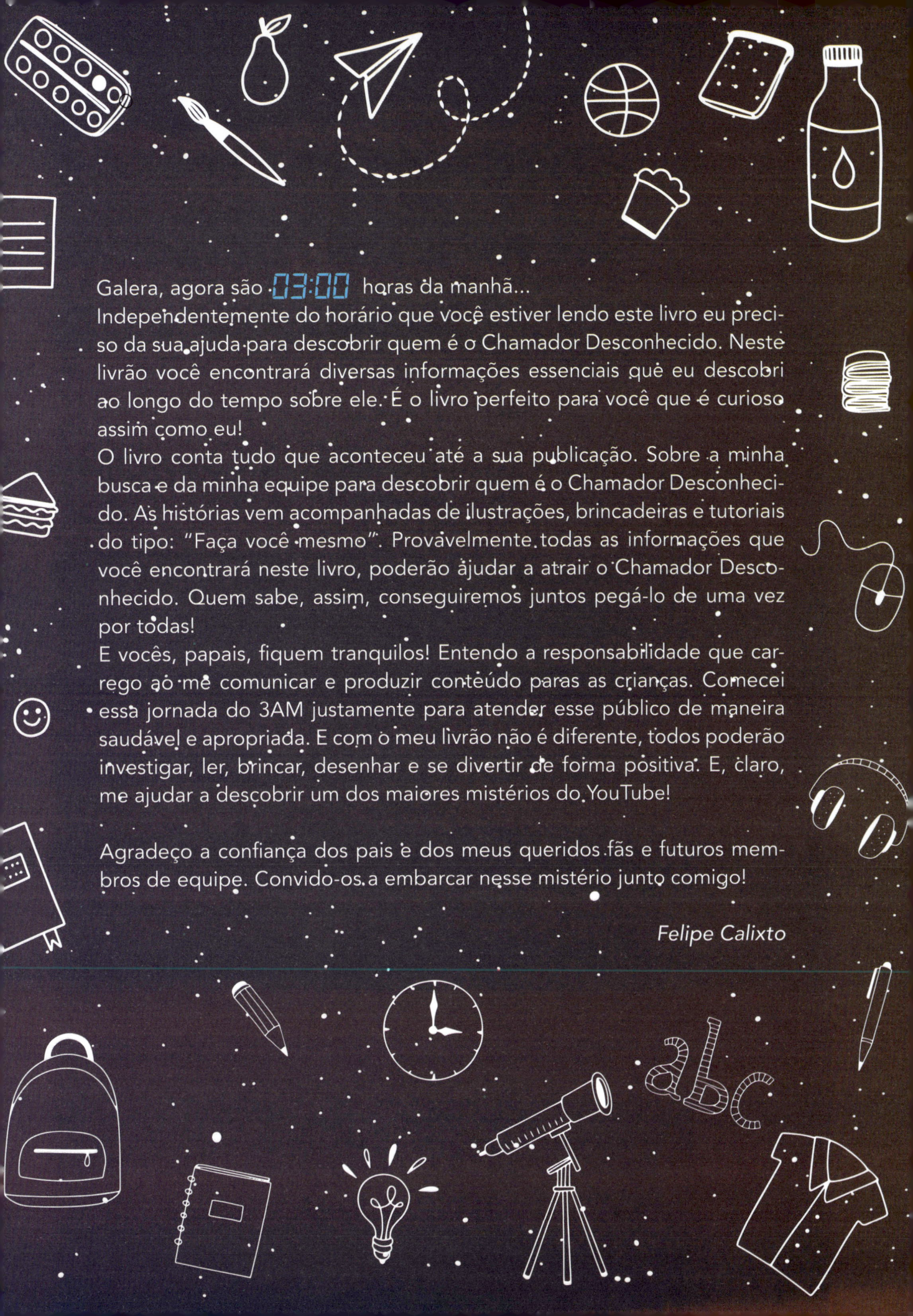

Galera, agora são 03:00 horas da manhã...
Independentemente do horário que você estiver lendo este livro eu preciso da sua ajuda para descobrir quem é o Chamador Desconhecido. Neste livrão você encontrará diversas informações essenciais que eu descobri ao longo do tempo sobre ele. É o livro perfeito para você que é curioso assim como eu!

O livro conta tudo que aconteceu até a sua publicação. Sobre a minha busca e da minha equipe para descobrir quem é o Chamador Desconhecido. As histórias vem acompanhadas de ilustrações, brincadeiras e tutoriais do tipo: "Faça você mesmo". Provavelmente todas as informações que você encontrará neste livro, poderão ajudar a atrair o Chamador Desconhecido. Quem sabe, assim, conseguiremos juntos pegá-lo de uma vez por todas!

E vocês, papais, fiquem tranquilos! Entendo a responsabilidade que carrego ao me comunicar e produzir conteúdo paras as crianças. Comecei essa jornada do 3AM justamente para atender esse público de maneira saudável e apropriada. E com o meu livrão não é diferente, todos poderão investigar, ler, brincar, desenhar e se divertir de forma positiva. E, claro, me ajudar a descobrir um dos maiores mistérios do YouTube!

Agradeço a confiança dos pais e dos meus queridos fãs e futuros membros de equipe. Convido-os a embarcar nesse mistério junto comigo!

Felipe Calixto

Felipe

Nome: Felipe Calixto

Aniversário: 25 de outubro

Comida preferida: Pizza de milho e bacon e batata frita

Cor favorita: Azul

Qualidade: Lealdade

Defeito: Ansiedade

Poder que gostaria de ter: Telecinesia e poder voar, por que não?

Animal de estimação: Kindinho e Nut, meus Lulus da Pomerânia

Kinder

Nome: Kinder Calixto

Aniversário: 11 de novembro

Comida preferida: Biscoito

Cor favorita: Azul

Qualidade: Sou muito carinhoso

Defeito: Ser barulhento às vezes

Poder que gostaria de ter: Esconder meus brinquedos da Nut (minha irmãzinha), tudo de uma vez para ela não pegar.

Animal de estimação: O meu bichinho de pelúcia

COMO TUDO COMEÇOU

Era madrugada de sábado e eu acordei com um barulho estranho que ecoava em meu quarto. Olhei para o relógio e pensei: será que estou ficando maluco ou será que estou sonhando?

MEU DEUS! SÃO 13:11 DA MANHÃ!

— SUSSURREI BAIXINHO... TENTEI FECHAR NOVAMENTE OS OLHOS E VOLTAR A DORMIR, MAS O BARULHO NÃO PARAVA.

Eu estava bem assustado e acabei levantando. Apreensivo, fui olhar em volta da cama, mas não havia nada. Parece estranho, mas por não ver nada senti muito medo. Que barulhos eram esses? Será que vinham da rua? A incerteza me deixava amedrontado, com as pernas tremendo; eu precisava ter certeza de onde vinha o barulho e quem ou o que estava fazendo aquele som horrível.

Parei para prestar atenção e minutos se passaram. Percebi que o barulho não vinha de dentro de casa e comecei a me acalmar. Na ponta dos pés fui até a janela para dar uma espiada e tudo parecia bem calmo, nada se mexia. O mais estranho foi sentir que algo não estava certo. Porém, o que eu poderia fazer àquela hora sozinho? Confesso que estava bem curioso e pensando em uma forma de descobrir de onde vinha o ruído.

Intrigado com o mistério mas sem opção, retornei para me deitar. Soltei um bom bocejo e me espreguicei, ainda estava com muito sono. Contudo, não me controlei, peguei o celular para pesquisar sobre esses barulhos estranhos. Eles pareciam grades de metal sendo sacudidas, correntes sendo arrastadas... Mas quem estaria fazendo esses barulhos de madrugada?

Olhei para o relógio outra vez, já eram 03h30! Tentei me concentrar para ouvir os barulhos mais nitidamente, mas não havia nada. Era só silêncio. Até que recebi uma mensagem no meu celular. Mas a essa hora? Quem poderia ser? Na tela estava escrito: "Chamador Desconhecido". Ué?? Mas quem era essa pessoa? A mensagem também dizia: "Você está com medo?" Medo? Medo do quê? Não sabia o que pensar; apesar de estar em pânico, criei coragem e perguntei quem era ele e o que queria de mim.

Seria o Chamador Desconhecido quem estava fazendo o barulho?

Ele me respondeu com um enigma. Olhei por um bom tempo para entender o que estava escrito: *"Cuide bem dos seus brinquedos ou vou levar todos eles"*! Daí pensei: Ele é louco? Pegar os meus brinquedos? Não ia deixar ninguém levar meus brinquedos, mas não ia mesmo!

Ainda assustado e também furioso por ele querer pegar meus brinquedos, fiz mais algumas perguntas: "Quem é você?" "Era você que estava fazendo barulho?" No entanto, ele não respondeu. Olhei para o relógio novamente, já eram 04h01 da manhã. Esperei mais um pouco, fiquei de plantão até que não aguentei mais de sono e acabei voltando a dormir.

Acordei novamente às 08h00 da manhã, o sol já brilhava do lado de fora e eu estava muito cansado e sonolento, afinal, a madrugada tinha sido tensa. O pior é que eu não tirava o Chamador Desconhecido da cabeça. Levantei da cama e troquei a roupa de dormir. Escolhi algo confortável para vestir: meu querido tênis branco e a camiseta e a calça camufladas. Você já percebeu que eu gosto de me sentir feliz, acho importante me sentir confortável com o que visto.

Após escovar os dentes, fui para a cozinha tomar o café da manhã. Adoro me alimentar bem pela manhã, esta é uma refeição muito importante e nos faz começar bem o dia. Sentado à mesa do café, não parava de pensar no barulho da madrugada e na mensagem que recebera do tal Chamador Desconhecido. Aquilo tudo era muito intrigante. Meus pais acharam estranho, pois eu estava longe e pensativo, entretanto, não queria contar para eles, pois antes eu precisa saber o que tinha acontecido. Eu estava decidido a descobrir de onde vinha o barulho que havia escutado de madrugada e para isso precisaria de bastante energia.

Após terminar de comer, levantei-me. Ao meu lado estava o Kindinho, o meu cachorrinho, que pulava e latia de alegria enquanto saíamos juntos da cozinha. Dinho, este é seu apelido carinhoso, estava doido para sair; aproveitei o lindo dia e fui para a rua passear com ele. Ao sair de casa coloquei em ação o meu lado detetive e comecei a olhar tudo a nossa volta, só para ter certeza que o barulho tinha vindo de algum lugar da rua, mas, como eu já suspeitava, não tinha nada que pudesse ter feito aquele som. Não consegui encontrar nenhuma pista. Continuei brincando com o Dinho, corremos, pulamos e brincamos de pega-pega... Nossa, como eu adoro brincar ao ar livre! Faz muito bem pra saúde e é muito gostoso.

Nos divertimos muito, tanto que nem reparei quanto tempo havia passado. Já era quase a hora do almoço, precisava voltar para tomar banho e almoçar. Ainda bem! Eu estava cheio de fome e tinha planos para continuar a minha investigação na parte da tarde. E como dizem meu avós: Para ter disposição é preciso ter energia e para ter energia precisamos nos alimentar bem.

CAÇA-PALAVRAS

Procure e risque as palavras em destaque no texto abaixo. Você as encontrará na vertical e também na horizontal.

Felipe parou para prestar **atenção** e minutos se **passaram**. Percebeu que o **barulho** não vinha de dentro de **casa** e começou a se **acalmar**. Nas pontas dos pés foi até a **janela** para dar uma **espiada** e tudo parecia bem calmo, nada se **mexia**. O mais **estranho** foi sentir que **algo** não estava certo. **Porém**, o que ele poderia fazer àquela hora **sozinho**? Mas ele estava bem **curioso** e pensando em uma forma de **descobrir** de onde vinha o **ruído**.

LABIRINTO

Felipe vai levar Kindinho para passear; entretanto, ele precisará da sua ajuda para chegar ao parque. Indique qual o caminho correto que eles precisarão seguir no labirinto.

||| DOMINÓ DE PALAVRAS

Felipe gosta de brincar ao ar livre. Você é como o Felipe? Então procure as palavras corretas e preencha o diagrama com as palavras em letra maiúscula. Veja quanta coisa se pode fazer. Dica: conte as letras de cada palavra para ver onde ela se encaixa. Uma já está preenchida como exemplo.

PULAR corda;
EMPINAR pipa;
PEGA-pega;
CABO de guerra;
Jogar **FUTEBOL**;
PIQUENIQUE;
ESCONDE-esconde;
~~QUEIMADA~~

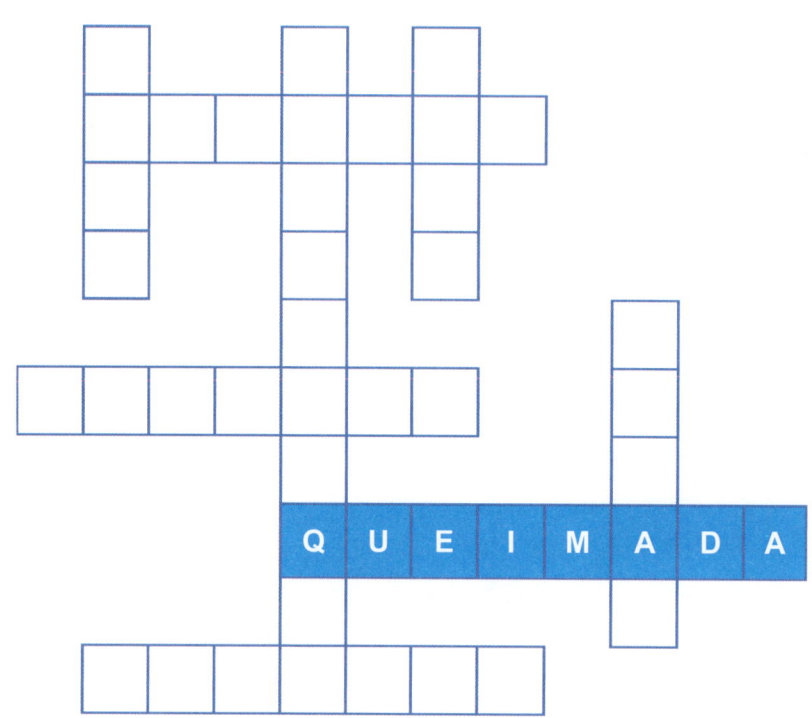

||| COMPLETE O DESENHO

Complete com os números do relógio e descubra a hora em que o Chamador Desconhecido aparece.

Parabéns! Você conseguiu a medalha da Descoberta!

LIGA-PONTOS

Ligue os pontos na figura e ajude o Felipe a desenhar o seu amigo Kindinho.

CRIPTOGRAMA

Responda às definições e, nas casas em amarelo, vai descobrir do que o Chamador Desconhecido anda atrás. Lembre-se de que, para símbolos iguais, letras iguais.

Ação que a gente faz com frequência	◄	★	◌	▼	▲
Ditador	◌	▼	□	★	▲	▲
Tomar conta de algo ou de alguém	▷	■	▼	🔒	★	□
Ser educado e amável é ser...	🗗	▲	△	◌	▼	♠
Plural da fruta Pequi, fruta saborosa muito comum em Goiás	P ▼	E ▲	Q ♪	U ■	I ▼	S ▼
Produto comestível obtido de plantas	⬠	□	■	◌	★	▼
Acreditar em algo	▷	□	▲	△	⚡	★
Para comprar um sapato tem que tirar a ... do pé	★	▲	🔒	▼	🔒	★
Quando se diz algo que alegra a pessoa: "Que roupa legal!"	▲	♠	▲	🗗	▼	▲
A gente sente... quando quer muito alguma coisa	🔒	▲	▼	▲	◊	▲

A-★ B-◌ C-▷ D-🔒 E-▲ F-⬠ G-🗗 H-◄ I-▼ J-◊

L-♠ M-★ N-△ O-▲ P-▼ Q-♪ R-□ S-▼ T-◌ U-■ Ç-⚡

||| EMBARALHADAS

Colocando as sílabas em ordem nos quadros da mesma cor, você vai descobrir os barulhos mais chatos do mundo, segundo os pesquisadores.

BE CO A
MI VU BÊ
ZE RON DO
LAR CHO RAN
    DO   A
VU   ME
    LA

||| ADIVINHAS

- O que é, o que é? Feito para andar e não anda.
- O que é, o que é? Que quebra quando se fala.
- O que é, o que é? Quanto mais se perde, mais se tem.
- O que é, o que é? Que vai e vem, mas não sai do lugar.
- Qual a formiga que, sem a primeira sílaba, vira fruta?
- O que é, o que é? Um pontinho vermelho na porta?
- O que é, o que é? Que dá muitas voltas e não sai do lugar.
- O que é, o que é? Um pontinho roxo no meio da salada?
- O que é, o que é? Um pontinho azul no gramado?
- O que é, o que é? Um pontinho amarelo no céu?

VAMOS FAZER CONTAS?

Complete os quadrinhos com os números 4, 5, 6, 7, 8 e 9. Não poderá repetir os números. A soma dos quadrados resultará sempre em 15, tanto na horizontal como na vertical.

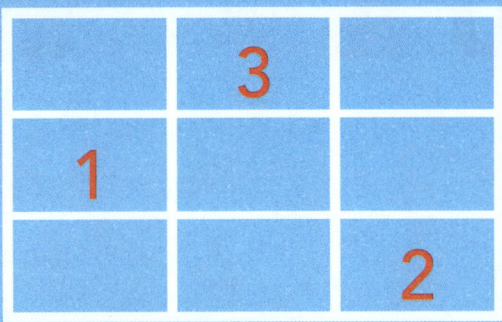

PARA COLORIR

Felipe e Kindinho estão brincando no parque. Para alegrar a cena, pinte o desenho abaixo.

ENIGMA

Coloque nos círculos a primeira letra do nome de cada palavra abaixo e você decifrará o enigma que o Chamador Desconhecido mandou para o Felipe.

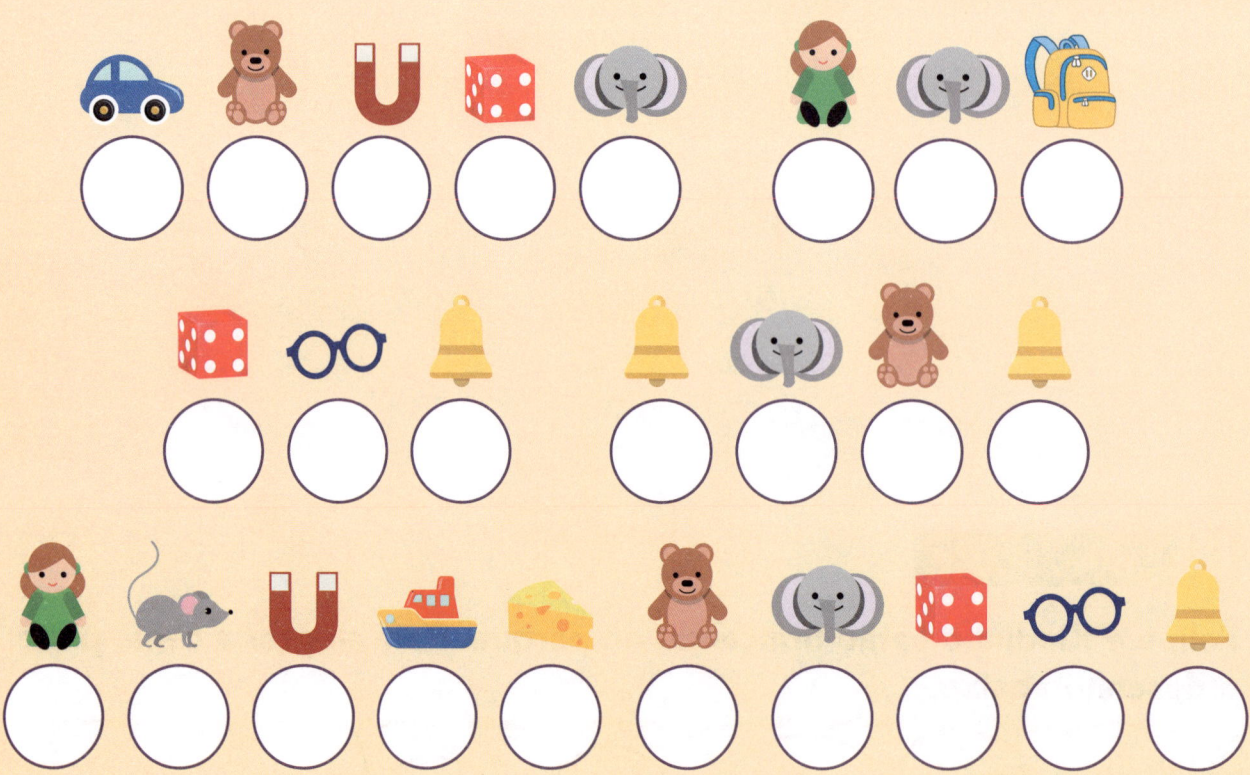

FAÇA VOCE MESMO

BANDEIROLA

Você vai precisar de:
- Cartolina ou EVA (cor de preferência)
- Palito de madeira para churrasco

Modo de fazer:
- Peça ajuda de uma adulto.
- Corte o papel ou EVA em forma de triângulo, no tamanho de 12 cm x 12 cm x 12 cm.
- Faça um furo em duas das extremidades
- Insira o palito.
- Decore a gosto.

Parabéns! Você conseguiu a medalha da Aventura!

||| JOGO DOS 7 ERROS

Felipe resolveu acampar perto da floresta. Para ajudar ele e sua turma, descubra os 7 erros da imagem abaixo.

||| ENIGMA

O Felipe recebeu uma mensagem no celular. Para descobrir qual era, troque os símbolos pelas letras.

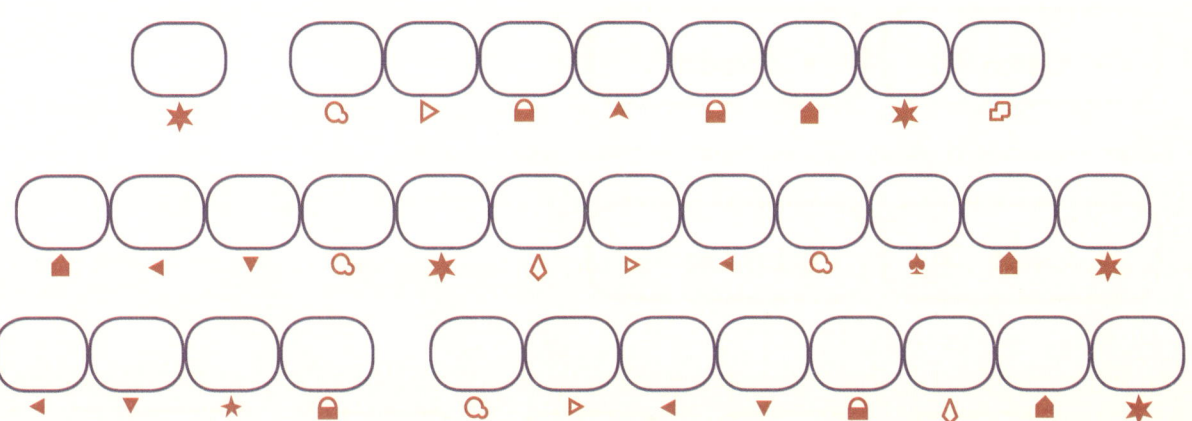

||| CERTO OU ERRADO?

É importante a gente se alimentar bem, começando pelo café da manhã. O corpo humano é como uma máquina, que precisa de combustível para funcionar... Por falar em corpo humano, será que você conhece nosso corpo?

Responda às perguntas e coloque em cada quadrado numerado a letra (entre parênteses) da resposta que você deu. Se a resposta estiver certa, vai descobrir o nome do maior osso do corpo e que fica na coxa.

- Sentimos as batidas do coração à esquerda.

  - Certo (F)   • Errado (A)

- As unhas das mãos crescem mais rapidamente do que as dos pés. As das mãos crescem cerca de 1 centímetro por mês.

  - Certo (E)   • Errado (T)

- Cerca de 10% do corpo humano é composto por água.

  - Certo (Z)   • Errado (M)

- Os nossos olhos são sempre do mesmo tamanho, desde o nascimento, enquanto que as orelhas e o nariz nunca param de crescer.

  - Certo (U)   • Errado (L)

- As impressões digitais são as mesmas para todo mundo.

  - Certo (O)   • Errado (R)

| 1 | 2 | 3 | 4 | 5 |

A INVESTIGAÇÃO

A pós almoçar, sempre como uma fruta de sobremesa e naquele dia não foi diferente, me deliciei com uma saborosa laranja. A tarde estava começando bem tranquila. Aproveitei e separei algumas frutas para o lanche e uma garrafinha de água, já que ficaria o dia todo fora. Minha intenção era continuar investigando e só voltar para casa após descobrir quem teria feito o barulho que eu havia ouvido na madrugada anterior.

Por precaução, reuni todos os meus brinquedos mais valiosos, aqueles de que mais gostava e guardei dentro de uma caixa trancada. Não deixaria que o Chamador Desconhecido levasse meus brinquedos. E caso ele viesse atrás dos brinquedos, eu saberia.

Para não esquecer nenhum detalhe, peguei uma folha de papel e anotei tudo o que aconteceu na madrugada anterior.

Às 3 horas da manhã:

- ✓ Ouvi barulhos estranhos de grade de ferro e correntes sendo sacudidas e arrastadas;
- ✓ O Chamador Desconhecido apareceu me mandando uma mensagem;
- ✓ O Chamador Desconhecido disse querer meus brinquedos.

Dobrei a folha de papel e guardei na minha mochila junto com o lápis. Organizei o lanche, a garrafa d'água e o meu celular. Estava tudo pronto, tudo preparado para continuar a investigação. Quando estava prestes a sair de casa, Dinho correu em minha direção.

— O que foi, garoto? – perguntei a ele. Kindinho latiu e mexeu o rabinho.

— Você quer vir comigo? Quer? Vamos lá!

Coloquei a coleira nele e saímos de casa. Andamos por um tempo e só paramos quando chegamos no parquinho perto de casa. Talvez os sons tivessem vindo de lá. Testei as gangorras, os balanços, mas não obtive sucesso. Nenhum som se parecia com aqueles que eu ouvira de madrugada.

Brinquei um pouco com o Dinho e me sentei num banco do parque. Não parece, não, mas investigar dá uma fome danada! Peguei as frutas que trouxera na mochila e bebi um pouco de água, pois fazia muito calor. Para continuar a investigação e não passar mal com aquela temperatura quente, eu precisava me manter hidratado.

De repente, Dinho começou a latir para o outro lado, para fora do parquinho. Ele estava agoniado e puxava a coleira, queria ir a algum lugar e eu não entendia o que ele estava vendo. Comecei a ficar apreensivo, mas decidi deixar ele me guiar. Kindinho foi me puxando, puxando ... e parou quando chegamos na entrada da garagem de casa. Tudo parecia estranho; mesmo de dia, ela parecia sombria. Meu cachorro não parava de latir. Será que tinha alguma coisa lá dentro?

— Olá? – perguntei para ninguém em especial. Como não obtive resposta, entrei apavorado na garagem. Ela estava vazia e silenciosa, havia vários carros estacionados, mas nenhuma vivalma, como diria a minha avó. No chão da garagem havia vários canos, protegidos por grades de ferro. Para tirar a dúvida que rondava os meus pensamentos, pesquei o lápis na mochila e bati com ele nas grades. O som emitido era muito parecido com o que eu tinha ouvido na madrugada. Adentrei o local e vasculhei detalhadamente. Comecei a bater com o lápis em tudo que era de metal: grades, canos, até em uma velha torneira eu verifiquei. O pior de tudo! Todos os sons eram muito parecidos com o que eu ouvira anteriormente. Com certeza, tinha vindo da garagem. Era uma questão de tempo para encontrar a verdadeira fonte dos barulhos estranhos.

Um pouco confuso e com medo, parei em frente a uma passagem existente na garagem, que eu nunca tinha visto antes. Dinho, meu fiel amigo, que sempre está ao meu lado, voltou a puxar a coleira e a latir.

— Calma, Kindinho! Fique quieto, menino – disse a ele.

Mas o que será que o agitava tanto? Novamente, deixei ele me guiar. Atravessamos a passagem que dava em um canto mais escuro da garagem. Logo acendi a lanterna do celular para enxergar melhor e pude perceber no chão um buraco grande e fundo, que também estava protegido pelas grades. Era estranho, parecia que alguém as havia tirado do lugar e recolocado - elas não estavam encaixadas direito. Para analisar com cuidado, me agachei e empurrei-as, fazendo um barulho enorme quando se encaixaram. Era isso! O barulho tinha vindo deste lugar... Alguém tinha passado por aquele acesso...

—  ACHEI!

Dei um grito que ecoou por todo o local. Esse era o mesmo barulho que eu tinha ouvido. Quem quer que estivesse aqui na madrugada passada, mexeu nessas grades. Nesse momento me encontrava surpreso com a descoberta, mas feliz por estar próximo a desmascarar o Chamador Desconhecido. Porém, para minha agonia, olho para o meu celular que estava apitando. Advinha o que pensei? Isso mesmo! Imaginei que fosse o Chamador Desconhecido, mas, para minha felicidade era a minha mãe me pedindo para eu voltar para casa.

Como você pode ver, eu ainda não havia acabado; tinha muito o que planejar para encontrar o responsável pelo barulho e para descobrir quem era o Chamador Desconhecido. A tarde já estava indo embora e certamente teriam mais surpresas à noite.

FIGURAS DIRETAS

Quando o Felipe vai fazer suas investigações, ele costuma levar muitas coisas. Escreva o nome das figuras na direção das setas para saber quais são.

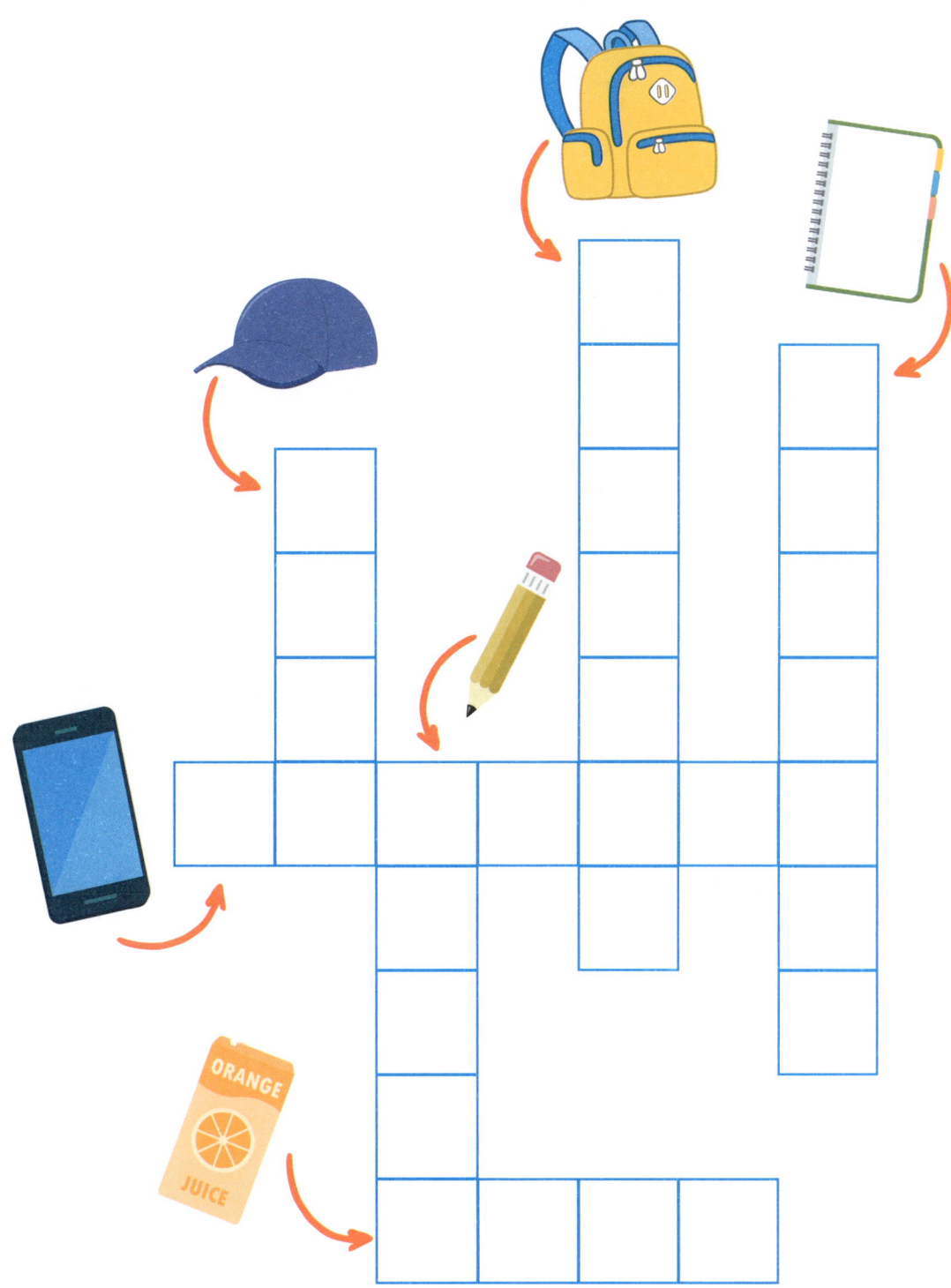

LIGA-PONTOS

Ligue os pontos na figura abaixo e descubra um dos brinquedos raros que o Chamador quer pegar.

VOCÊ SABIA?

Você, o Felipe e quase todo mundo usa um telefone celular. Mas você sabe quem o inventou, e em que ano?

Foi em 1973, quando um engenheiro americano da Motorola lançou um telefone portátil (bem, naquele tempo era portátil... pesava mais de 1 quilo e era do tamanho de um sapato de adulto) e cuja bateria durava 20 minutos. E a primeira chamada foi feita para um concorrente dele... então, a gente pode dizer que a primeira chamada foi um trote!

Para saber o nome do inventor, escreva a inicial de cada desenho abaixo.

> Parabéns!
> Você conseguiu a medalha da Coragem!

||| ATENÇÃO!

O Felipe foi dar uma volta no parque, onde testou vários brinquedos para ver se faziam o mesmo som que ele tinha ouvido de madrugada. Para saber quais brinquedos, assinale-os com um X.

||| ONDE ESTÃO OS OBJETOS

Onde estão os objetos que caíram da mochila do Felipe? Descubra!

CAÇA-PALAVRAS

Procure e risque as palavras em destaque.

Para não esquecer nenhum detalhe, **Felipe** anotou em uma folha de papel tudo que tinha acontecido na **madrugada** anterior. "Às 3 horas da manhã: Ouvi **barulhos** estranhos de **grade** de **ferro** e **correntes** sendo sacudidas e arrastadas; o Chamador **Desconhecido** apareceu me mandando uma **mensagem**; o **Chamador** Desconhecido disse querer meus **brinquedos**." Ele dobrou a folha de papel e guardou na **mochila** junto com o lápis. Organizou o **lanche**, a garrafa d'água e o **celular**.

As palavras deste caça-palavras estão escondidas na horizontal e vertical, sem palavras ao contrário.

N	C	R	W	I	C	N	O	F	I	R	F	A	H	B	E	O	A
E	L	N	T	U	U	L	R	E	S	U	N	A	H	R	E	A	O
W	H	A	E	H	T	S	F	L	R	T	U	A	T	I	U	I	B
A	O	D	M	A	S	O	E	I	T	E	C	X	U	N	C	F	A
F	E	S	E	E	E	T	R	P	E	S	S	E	L	Q	H	H	R
C	N	D	N	C	O	R	R	E	N	T	E	S	M	U	A	O	U
D	T	A	S	V	D	A	O	P	K	T	E	L	E	E	M	S	L
D	N	W	A	G	O	N	M	A	D	R	U	G	A	D	A	Y	H
O	R	H	G	R	A	D	E	L	A	N	C	H	E	O	D	A	O
N	I	D	E	S	C	O	N	H	E	C	I	D	O	S	O	N	S
E	N	L	M	E	N	L	I	A	C	E	L	U	L	A	R	S	I
E	N	S	I	L	A	I	A	O	O	T	M	O	C	H	I	L	A

LABIRINTO

Para ajudar o Felipe a chegar ao estacionamento, descubra o caminho correto pelo labirinto.

FIGURAS DIRETAS

Escreva o nome das figuras na direção das setas e descubra os lugares onde o Felipe vai investigar e o que ele levará.

DOMINÓ DE PALAVRAS

Preencha com as palavras da relação e descubra no destaque de onde vinha o barulhão de madrugada. Uma dica: conte as letras das palavras para ver onde se encaixam. Uma já aparece, como exemplo.

4 Letras
- PATO
- ONDA

5 Letras
- GARRA

6 Letras
- DONALD
- EFICAZ

7 Letras
- PLANTIO
- GARAGEM

9 Letras
- QUALIDADE

10 Letras
- JUSTIFICAR
- DELICADEZA
- FELICIDADE

CAÇA-PALAVRAS

Procure e risque as palavras em destaque.

A investigação do Felipe **ainda** não havia acabado, como se **pode** ver. Ele **tinha** muito o que **planejar** para **encontrar** o **responsável** pelo **barulho** e para **descobrir** quem era o Chamador **Desconhecido**. A tarde já **estava** indo **embora** e certamente **teriam** mais **surpresas** à noite.

As palavras deste caça-palavras estão escondidas na horizontal e vertical, sem palavras ao contrário.

E	D	C	D	E	S	C	O	B	R	I	R
M	R	P	R	H	H	P	O	E	E	A	M
B	E	N	O	C	S	L	L	S	N	A	O
O	S	T	I	N	H	A	N	T	C	G	G
R	P	W	I	A	I	N	D	A	O	S	B
A	O	A	I	I	E	E	P	V	N	T	A
E	N	A	E	D	A	J	A	A	T	T	R
I	S	T	E	R	I	A	M	F	R	E	U
P	Á	S	U	R	P	R	E	S	A	S	L
O	V	O	T	D	S	A	M	D	R	C	H
D	E	S	C	O	N	H	E	C	I	D	O
E	L	U	D	A	T	O	I	N	I	R	D

- AINDA
- BARULHO
- DESCOBRIR
- DESCONHECIDO
- EMBORA
- ENCONTRAR
- ESTAVA
- PLANEJAR
- PODE
- RESPONSÁVEL
- SURPRESAS
- TERIAM
- TINHA

Parabéns! Você conseguiu a medalha do Segredo!

O ENCONTRO

Já passava das seis da tarde quando voltei para casa. Estava cansado e doido para tomar um banho bem quentinho. Dinho também parecia exausto. Soltei-o da coleira e enchi sua tigela de água, ele bebeu tudo. Assim como eu, Kindinho parecia estar com muita fome, mas eu precisava antes me organizar. Coloquei ração para ele e em seguida fui arrumar a mochila. Peguei a garrafinha de água vazia para colocar na pia e bebi uma saborosa água gelada. Acabei de limpar a mochila e joguei fora o lixinho que se acumulara do meu lanche da tarde. Separei o lixo dentro das lixeiras específicas - reciclável e orgânico. Aqui em casa sempre separamos o lixo antes de jogar fora, pois isso ajuda na preservação do planeta.

Como corri o dia todo com o Kindinho e tinha passado bastante tempo fora de casa e na garagem para fazer as investigações, estava muito sujo e cheio de poeira. Daí, pensei em voz alta: "É melhor eu ir tomar um banho". Antes, levei minha mochila para o quarto e comecei a separar uma roupa limpa para vestir após o banho. Só queria um bom banho quente, jantar e descansar. A noite estava somente começando.

Por pouco não esqueci! Os meus brinquedos ainda estavam guardados na caixa fechada. Eu precisava checar se ainda estavam todos lá. Peguei a caixa no esconderijo e abri. Tirei todos brinquedos de dentro e os alinhei sobre a minha cama. Será que estavam todos ali? Precisava ter certeza. Contei um por um. Ufa! Estavam todos lá. Dinho havia me seguido até o quarto e se deitara no tapete para descansar um pouco. Então pensei alto: *Hmmm... Talvez o Chamador Desconhecido fosse só alguém passando um trote... O que você acha, Dinho?* Ele respondeu latindo.

Também não acredito que seja isso. Ele pareceu bem real para mim na noite passada. E se ele for do tipo que só aparece à noite?", pensei alto novamente. Por incrível que pareça, Kindinho respondeu latindo de novo. *É! Acho que é isso! Ele só aparece de madrugada: das 03h às 04h da manhã. Por isso ele não me respondeu mais e os sons sumiram depois das quatro horas da manhã... Vamos precisar confirmar isso, Dinho."* Meu cachorro latiu outra vez. *Na madrugada, às três horas da manhã, eu vou descobrir a verdade"*, pensei.

Bem, depois de tomar banho e me vestir, lembrei da folha de papel que havia guardado na mochila mais cedo: lá anotara tudo o que eu descobrira sobre os barulhos estranhos. Peguei o papel e acrescentei mais algumas informações:

- ✓ Os barulhos vieram da garagem: alguém moveu uma das grades protetoras do chão e causara um dos barulhos;
- ✓ Os barulhos restantes vieram do encanamento e das grades menores do chão;

Minha teoria: O Chamador Desconhecido só aparece de madrugada, às 03 horas da manhã.

Enquanto escrevia, surgia uma ideia para testar a minha teoria: Às 03 horas da manhã eu iria me deslocar para a garagem e assim confirmar se realmente alguém estava lá fazendo os barulhos. Na última mensagem que o Chamador Desconhecido me enviou, ele disse que iria voltar. E é isso que vamos ver! Vou pegar ele de surpresa...

Já passava das 20 horas quando eu terminei de reunir tudo o que precisaria em minha mochila: uma lanterna, o celular e minha câmera, para tentar capturar uma imagem do Chamador e ter provas de que ele realmente existia. Após organizar os apetrechos, sentei-me à mesa para jantar com os meus pais. Eu estava um pouco tenso e eles perceberam. Expliquei toda situação e eles entenderam a questão; concordaram que eu precisava descobrir a verdade. Depois da aprovação dos meus pais, informei-les que a investigação ocorreria na garagem às 3 horas da manhã. Confiantes, mas um pouco preocupados, meus pais me deram carta branca, sob uma condição: que eu tomasse bastante cuidado e voltasse para casa, caso as coisas ficassem muito perigosas.

Quando terminamos de comer, ajudei a tirar a mesa; em seguida fui para o meu quarto, com o Kindinho no meu encalço. No caminho, aproveitei e parei para escovar os dentes. Já no quarto peguei a folha de papel com as minhas anotações sobre o Chamador Desconhecido e deitei na cama. Li e reli tudo algumas vezes, não queria esquecer nada. No silêncio, acabei adormecendo.

Acordei novamente às 02h59min com os barulhos estranhos. Fiquei ouvindo por um tempo... eram os mesmos barulhos da noite anterior! *Plim!* Tocou meu celular: eu acabava de receber uma nova mensagem. Era o Chamador Desconhecido novamente.

SMS: *Você achou que eu não ia voltar?*

Saltei da cama e acordei Kindinho. Era chegada a hora de pegar esse cara! Coloquei a mochila nos ombros e desci até a garagem. No caminho, recebi outra mensagem: — *Me entregue os brinquedos.*

Quando cheguei à garagem, acendi a lanterna. Dinho não parava de puxar a coleira em direção à parte ampla da garagem, no mesmo lugar que eu havia encontrado o buraco com as grades.

— *Olá? Tem alguém aqui?* – falei alto e Kindinho latiu. Continuei andando para o canto aberto da garagem, até que ouvi alguns passos e logo parei. – *Chamador Desconhecido, é você?* – Fez-se um grande silêncio e então ouvi uma gargalhada. Ele devia estar bem perto. Para aproveitar o momento, peguei minha câmera na mochila. Tentei ligá-la, mas estava sem bateria!

Plim! Outra mensagem: — *Eu sabia que você era medroso!* — Logo depois de receber a mensagem, comecei a ouvir o barulho metálico dos canos sendo batidos. Voltei a caminhar pela garagem e continuei a chamar por ele. — *Chamador Misterioso, onde você está?* – Dei uma volta completa pela garagem e nada, não vi ninguém, mas os passos e os barulhos continuavam a me enlouquecer. *Plim!* Mais uma mensagem: — *Eu vou te pegar!* — Meu coração começou a bater rápido.

— *É melhor a gente sair daqui, Kindinho* — falei. Peguei meu cachorro no colo e me preparei para correr. Quando me virei, havia uma sombra, alguém encapuzado, todo de preto, olhando para mim. — *Quem é você? O Chamador Desconhecido?* — ele ficou parado me olhando. Meu coração saltava no peito. — *Vai embora! Você não é bem-vindo aqui.*

O Chamador começou a vir em minha direção e eu fiquei apavorado. Quem estava por detrás daquela *black cloth*? Queria muito saber, mas o medo não deixava! Saí correndo o mais rápido que pude para chegar logo em casa. Por sorte ele não me seguiu para fora da garagem. Entrei no meu quarto, arfando. Pousei Dinho no tapete e sentei na cama. Plim! Plim! "*Caramba, mais mensagens*", pensei! Olhei para o relógio: 03h55 da manhã. Li as mensagens que ele havia mandado: "*Não adianta fugir!*". A segunda mensagem estava escrita em enigma, não era fácil de entender.

— *Eu vou voltar!* — Por fim, consegui decifrar o enigma e entender a mensagem.

Dava para ouvir o barulho das grades sendo encaixadas. Ele havia ido embora. Olhei novamente para o relógio, eram 04h01 da manhã. Depois disso, só houve silêncio. Nessa altura eu me encontrava cansado e com muito sono. Coloquei o pijama, pois depois de tudo aquilo eu precisava dormir. E foi o que eu fiz...

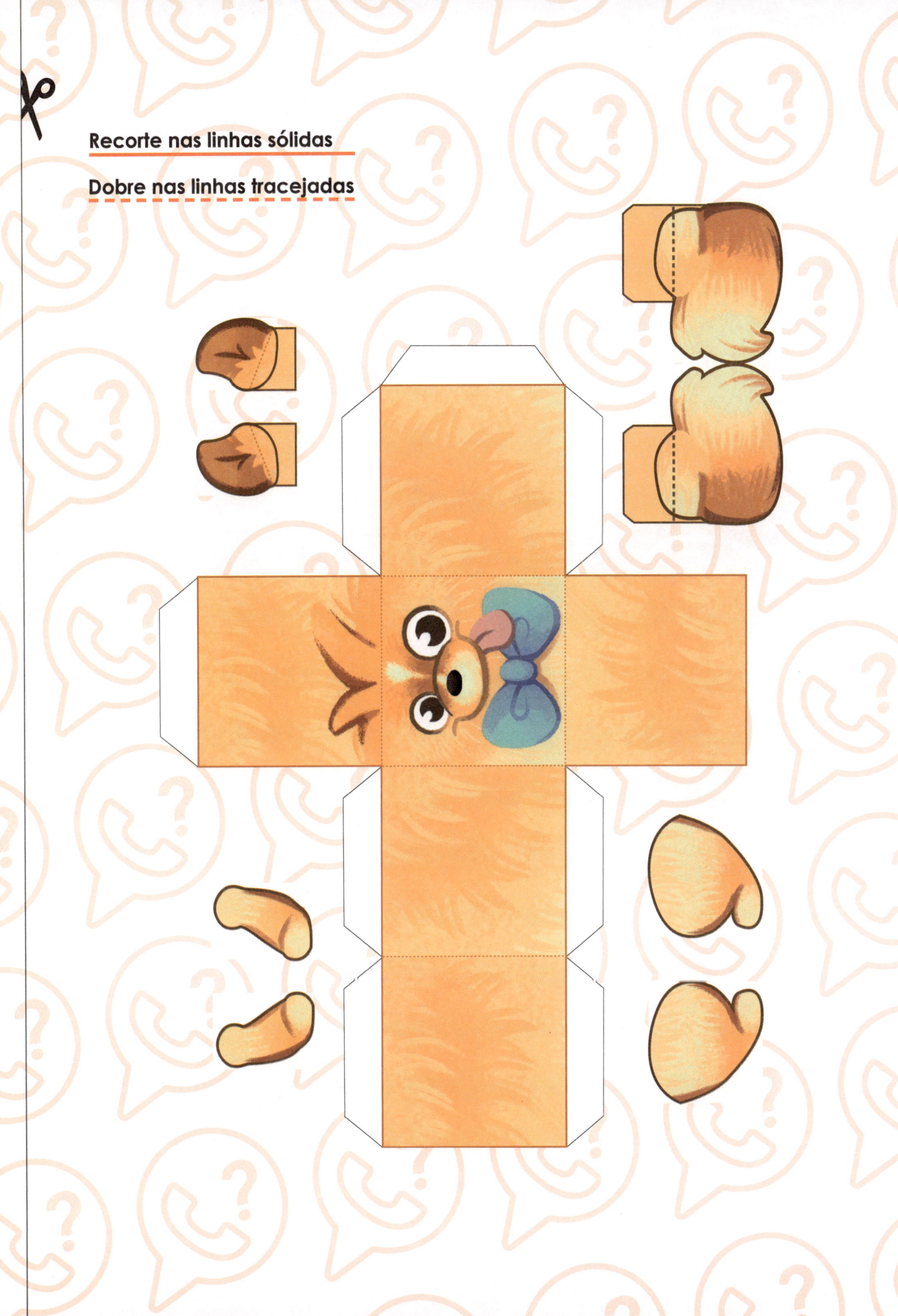

03:00 AM

| | | REGISTRE

A cada cinco atividades corretas você ganha uma medalha e passa para a próxima fase. Corte as medalhas e cole nas mochilas para registrar o seu progresso.

||| REGISTRE

A cada cinco atividades corretas você ganha uma medalha e passa para a próxima fase. Corte as medalhas e cole nas mochilas para registrar o seu progresso.

FAÇA VOCÊ MESMO

TELEFONE ARTESANAL

Você vai precisar de:
- 2 latinhas
- 2m de barbante (pode usar um tamanho maior)
- Fita adesiva
- 1 prego grande
- Tinta guache (cor de sua preferência

Modo de fazer:
- Este brinquedo precisará da ajuda de um adulto.
- Pegue as latinhas e, com a ajuda de um adulto, faça um furo com o prego no centro da parte inferior.
- Passe o barbante pelo furo e dê um nó na parte de dentro.
- Decore a gosto com a tinta e o acessório que quiser. Use a criatividade!

FAÇA VOCÊ MESMO

BINÓCULO ARTESANAL

Você vai precisar de:
- 3 rolos de papel higiênico vazios
- Tinta guache (cor de sua preferência)
- EVA (cor de sua preferência)
- Cola branca
- 1m de barbante (pode usar um tamanho maior)

Modo de fazer:
- Peça ajuda a um adulto.
- Pinte 2 rolos de papel higiênico com a tinta guache, espere secar e decore com tiras do papel EVA.
- Faça um recorte retangular no terceiro rolo de 7cm x 2,5cm e dobre em um retangulo.
- Em seguida, cole os dois rolos pela lateral usando o retângulo entre as duas para dar espaço para o nariz.
- Após os dois rolos estarem fixados, cole o barbante com uma ponta em cada rolo e cubra o barbante com um pedaço do EVA. Este servirá para colocar no pescoço.
- Decore a gosto.

montado conforme o tutorial do canal Criativerso

MENSAGEM MISTERIOSA

Para saber o que está escrito nesta mensagem, substitua os desenhos pelo seu significado.

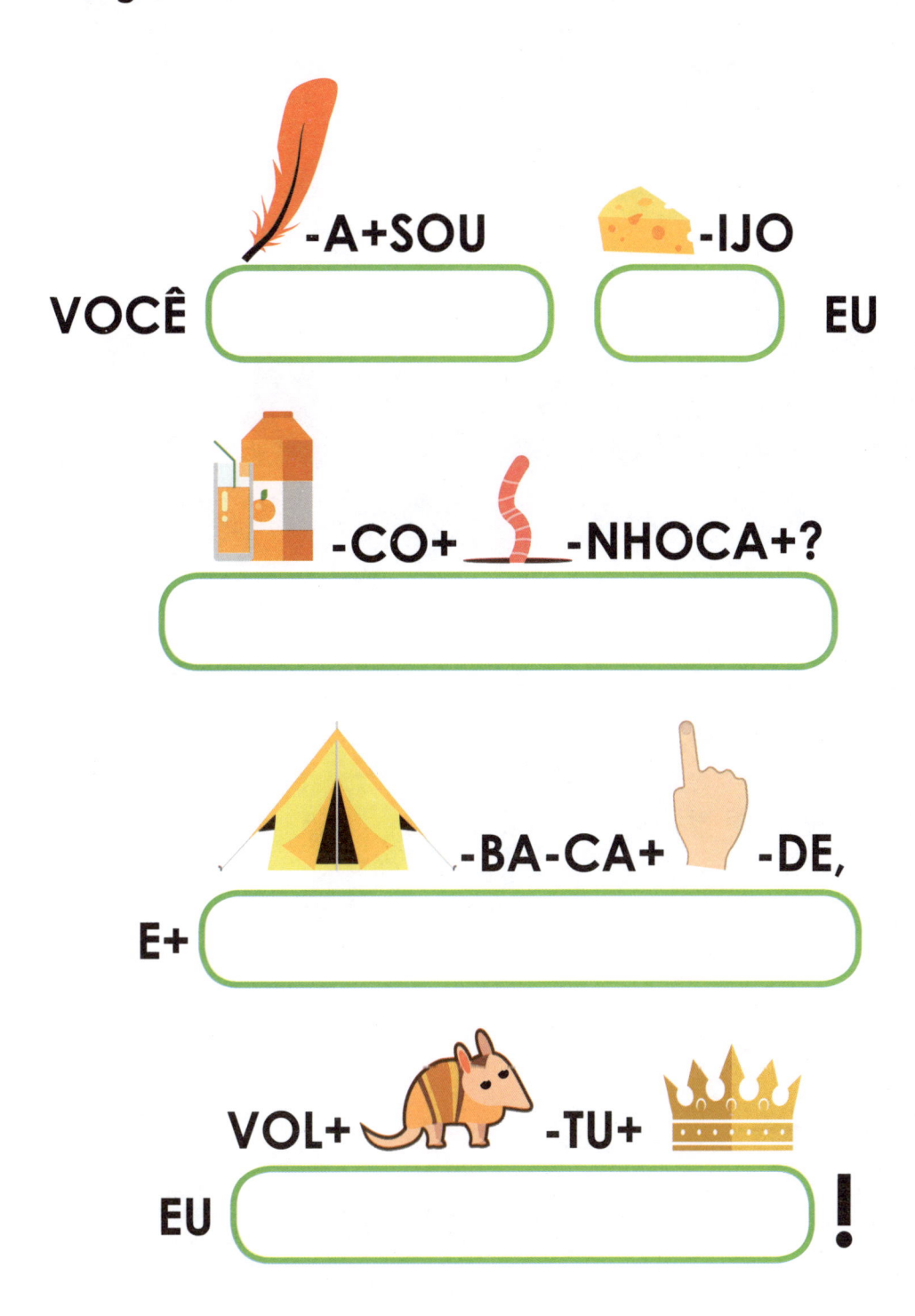

VOCÊ 🪶-A+SOU [_____]   🧀-IJO [_____] EU

🧃-CO+ 🪱-NHOCA+?
[_____]

⛺-BA-CA+ ☝-DE,
E+ [_____]

VOL+ 🦔 -TU+ 👑
EU [_____] !

JOGO DOS 7 ERROS

Ao chegar em seu quarto, Felipe retira os brinquedos da caixa e coloca-os enfileirados em cima da cama. Descubra os sete erros nas figuras abaixo.

BRINCANDO EM INGLÊS

O Chamador usa uma *black cloth*, como disse o Felipe. Quer dizer "roupa preta, em inglês. Vamos ver como está o seu vocabulário? Ligue o desenho ao seu nome em inglês:

- CAT
- FISH
- WOMAN
- ORANGE
- BIRD
- HAND
- CAKE
- CAR
- HORSE

FAÇA VOCÊ MESMO

PORTA-LÁPIS

Você vai precisar de:
- 1 copo plástico rígido
- Cola branca
- Cartolina (cor de sua preferência)
- EVA (cor de sua preferência)

Modo de fazer:
- Peça ajuda a um adulto.
- Faça um cone com a cartolina dentro do copo e corte-a na altura da boca, para o papel cobri-lo por inteiro.
- Passe cola no papel e revista o copo.
- Assim que secar, use tiras do EVA ou fitas coloridas para decorar o copo.

CAÇA-PALAVRAS

Procure e marque, no diagrama, as palavras em destaque no texto:

"Enquanto **escrevia**, surgia uma **ideia** para **testar** a minha **teoria**: Às 03 horas da **manhã** eu iria me **deslocar** para a garagem e assim **confirmar** se realmente alguém **estava** lá **fazendo** os barulhos. Na última mensagem que o Chamador Desconhecido me **enviou**, ele disse que iria voltar. E é isso que **vamos** ver! Vou pegar ele de **surpresa**..."

E	E	T	E	S	T	A	R	I	O	M	H
L	S	O	B	U	T	T	T	E	F	P	D
W	C	A	T	F	A	Z	E	N	D	O	M
S	R	O	T	T	P	P	O	V	N	L	S
D	E	S	L	O	C	A	R	I	S	E	U
H	V	S	V	C	F	D	I	O	A	E	R
A	I	D	E	I	A	S	A	U	W	G	P
H	A	E	V	A	M	O	S	H	O	E	R
R	I	C	O	N	F	I	R	M	A	R	E
A	O	T	W	A	A	P	D	T	G	E	S
M	N	A	T	E	M	E	S	T	A	V	A
S	U	C	G	M	A	N	H	Ã	T	Y	A

EMBARALHADAS

Encaixe as peças desarrumadas nos lugares corretos e descubra quando os barulhos estranhos costumam aparecer.

MA DA UG

A DR

☐ ☐ ☐ ☐ ☐

Parabéns! Você conseguiu a medalha da Amizade!

TREINE A MEMÓRIA

Olhe a cena abaixo por alguns instantes, depois vire a página de cabeça para baixo. Tape o desenho e responda às perguntas.

- A cena é numa praça?
- Há crianças no escorregador?
- Quantas pessoas estão andando de skate?
- Tem crianças jogando bola?
- Uma criança está no balanço?
- Há um ônibus escolar estacionado no parque?
- Tem um homem andando a cavalo no parque?

DESCUBRA O NOME

Escreva nos espaços em branco a letra inicial do nome de cada figura e saiba quem são as amigas do Felipe.

DOMINÓ DE PALAVRAS

Preencha o diagrama com as palavras indicadas. Quando o dominó for resolvido, vai aparecer a palavra que falta para completar a frase abaixo:
É sempre importante a gente separar o lixo reciclável e o orgânico, porque isso ajuda na preservação do...

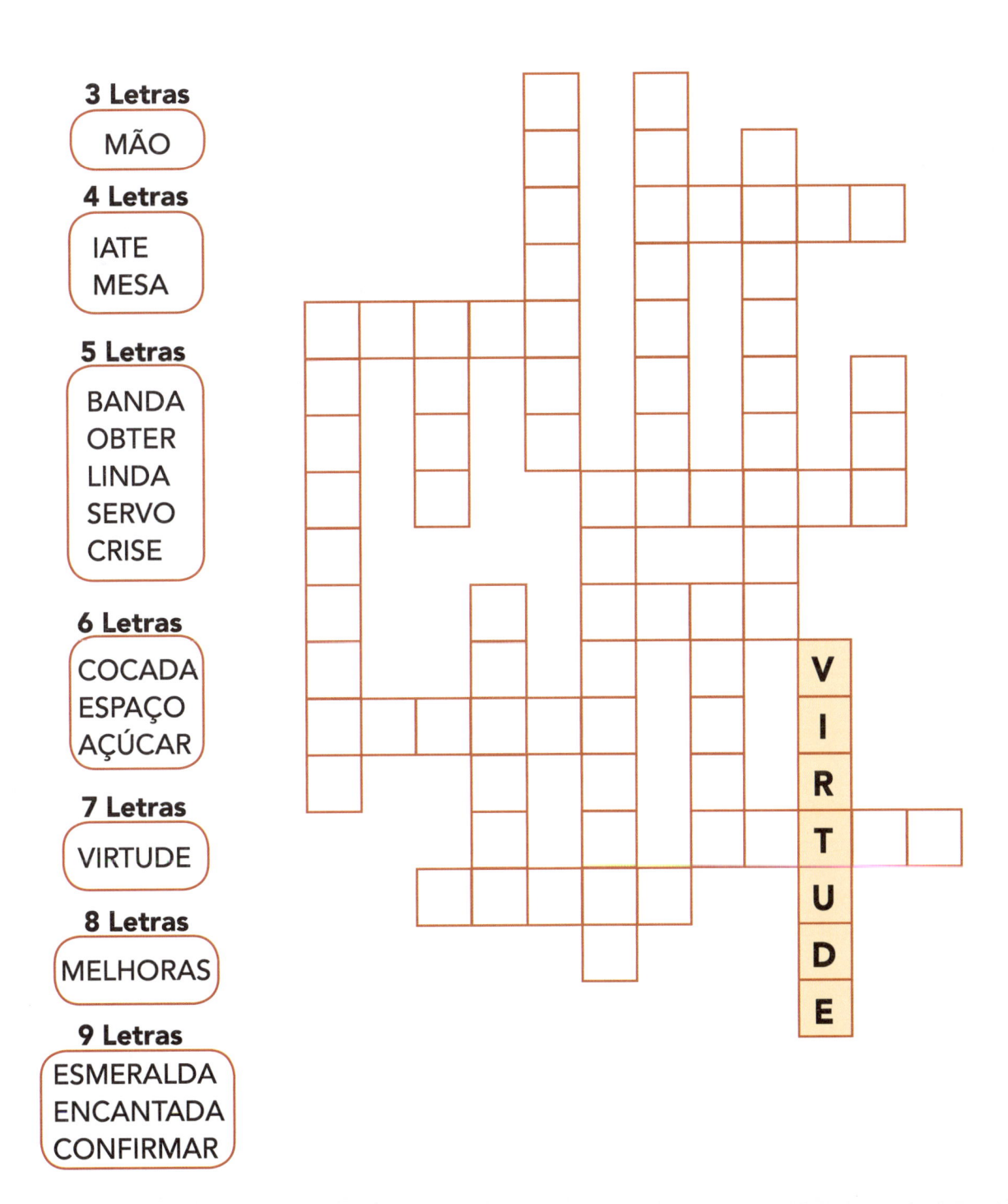

3 Letras
MÃO

4 Letras
IATE
MESA

5 Letras
BANDA
OBTER
LINDA
SERVO
CRISE

6 Letras
COCADA
ESPAÇO
AÇÚCAR

7 Letras
VIRTUDE

8 Letras
MELHORAS

9 Letras
ESMERALDA
ENCANTADA
CONFIRMAR

O QUE ACONTECEU DEPOIS

Depois daquela noite assustadora, decidi que não deixaria mais o Chamador Desconhecido me intimidar. Comecei a criar diversos planos e teorias para pegá-lo. Sei que não seria uma coisa fácil, mas uma hora conseguiria.

Após o encontro aterrorizante na garagem, passei a visitá-la quase todas as noites. Minha intenção era atrair o Chamador Desconhecido. Dessa forma, aparecia com brinquedos novos e raros. Também fazia da mesma maneira na casa da minha avó: levava os brinquedos para a garagem, pois era o único lugar que havia funcionado.

Várias vezes o Chamador veio atrás de mim, mas eu sempre conseguia escapar, por vezes por pouco. Ficava mais perigoso a cada dia, porém eu sentia que estava chegando perto de descobrir a verdadeira identidade dele e para isso precisava de ajuda. Foi então que comecei a pensar como faria: quem seria inteligente e forte o suficiente para me ajudar? *Pronto! Já sei! A Ju, minha personal trainer!*

Rapidamente, liguei para a Ju e marquei um encontro na casa dela na mesma noite. Ao encontrá-la, comecei a contar correndo tudo que já tinha acontecido e o que eu já sabia: que o Chamador Desconhecido só aparecia às 3 horas da manhã; que ele queria pegar todos os meus brinquedos; que ele falava comigo através de mensagens de texto. Mostrei minha lista, agora atualizada, com as informações sobre o Chamador Desconhecido.

- ✓ O Chamador Desconhecido é atraído por brinquedos novos e brinquedos raros;
- ✓ O Chamador Desconhecido pode se deslocar para outras garagens.

A Ju me olhou assustada e não acreditou muito em mim. Disse que eu estava sonhando! Mesmo aflito, consegui convencê-la a ir até a garagem da casa dela às 3 horas da manhã, pois assim ela poderia conferir. Levamos uma boneca rara para atraí-lo e deu certo! Ele apareceu e queria nos pegar, mas conseguimos escapar dele.

Daquele dia em diante, a Ju não duvidou mais de mim. Pelo contrário: ela passou a investigar o Chamador Desconhecido junto comigo. Íamos todas as noites à garagem ver se o Chamador aparecia. Tentávamos obter informações novas sobre ele, por exemplo: Como ele fazia para chegar aos lugares?

Descobrimos que existem passagens subterrâneas por onde o Chamador Desconhecido viaja para chegar a outro lugar. Também encontramos uma entrada na parede da garagem da Ju que dá um rápido acesso a todos os outros três andares da garagem. Era assim que o Chamador conseguia se esconder e se aproximar de nós com facilidade e sem ser visto.

A Ju ouviu barulhos estranhos vindo das escadas do prédio. Eu estava em sua casa e fomos juntos investigar. A impressão que tínhamos era de que no último andar do prédio, no ANDAR 21, as luzes não paravam de piscar e barulhos desconhecidos ecoavam do local. Subimos pelas escadas passando por todos os andares, atentos aos sons e às luzes do lugar. Quanto mais subíamos, mais alto o barulho nos parecia. Ao chegar ao ANDAR 21, percebemos um apartamento vazio e escuro. Começamos a investigar e quando saímos de lá demos de cara com o Chamador Desconhecido. Foi por pouco! Ele quase nos pegou, mas conseguimos fugir.

Em um outro dia, voltamos à garagem da Ju para investigar mais. No andar mais baixo da garagem, o *"menos três"*, onde o carro da Ju fica estacionado, descobrimos que embaixo da rampa de acesso dos carros, na parte traseira, havia um caminho que dava acesso para passagens secretas do prédio, que ligava o andar aos demais andares do edifício e também às demais garagens do condomínio.

Uns dias depois, a Ju voltou a ouvir barulhos estranhos à noite, vindos da área da piscina. Quando me contou, não perdi tempo: fui à casa dela investigar. Saímos juntos e ouvimos os barulhos estranhos e nos dirigimos para a piscina. Ao chegar lá, achamos uma passagem com porta no chão, que dava acesso às passagens escondidas. Naquela hora, recebi uma mensagem de texto do Palhaço, amigo do Chamador, dizendo que eles podiam nos ver e que estavam bem perto de nós. Apavorados e com medo, saímos correndo.

Após o susto começamos a falar sobre o ocorrido e nos pegamos encucados com o que vimos na área da piscina e nas demais áreas externas. Até então, o Chamador não havia tentado nos encontrar fora das garagens. Passamos um bom tempo estudando a piscina coberta e a descoberta. Também nos pusemos a investigar a floresta do condomínio, na realidade um lugar bem arborizado e escuro à noite. Este seria o lugar perfeito para o Chamador Desconhecido aparecer. Entretanto, para nossa surpresa, não foi só o Chamador que apareceu. Vimos o Palhaço do Mal! Ele veio em nossa direção com sua risada assustadora e seus balões vermelhos. A intenção dele era nos pegar, mas, por sorte, conseguimos fugir dos dois.

Logo depois, Ju percebeu que o último andar da torre do prédio vizinho ao dela também piscava de um jeito estranho. Vocês sabem como sou curioso! Não consegui conter minha curiosidade e chamei a Ju para irmos juntos até lá. Ao chegar ao local, encontramos uma quantidade enorme de balões vermelhos do palhaço. Confesso que fiquei espantado e só me lembro de ter dito para a Ju:

- *Se o ANDAR 21 é a casa do Chamador Desconhecido, aqui deve ser a casa do Palhaço, Ju! Não podemos voltar aqui sozinhos, é perigoso demais!*

Ao que ela respondeu:

- *Fê, não estou gostando nada disso. Esses balões estão muito esquisitos... Acho melhor irmos embora.*

E foi o que fizemos! Saímos do prédio às pressas com medo de dar de cara com aquele palhaço assustador. Até o momento, estávamos tentando descobrir um jeito de entrar nas passagens e acessar os túneis subterrâneos por onde passam o Palhaço e o Chamador Desconhecido, mas a Ju e eu chegamos à conclusão de que precisávamos de mais gente. Nossas pernas estavam bambas, mas conseguimos voltar para casa.

Fê, os nossos amigos Rapha e Isa, já estão nos ajudando há algum tempo, mas acho que precisamos de mais gente. – Disse a Ju, enquanto conversávamos sobre o assunto.

– Mais pessoas sugerindo teorias, dicas, armadilhas, caminhos... – Ju, acho que tive uma ideia! – respondi, já com um plano em mente.

JU

Aniversário: 28 de julho
Comida preferida: Japonesa
Cores favoritas: Rosa e verde
Qualidade: Ver sempre o lado positivo em tudo
Defeito: Teimosa
Poder que gostaria de ter: Tirar todo o sofrimento do mundo
Animal de estimação: Jurrinha (pincher)

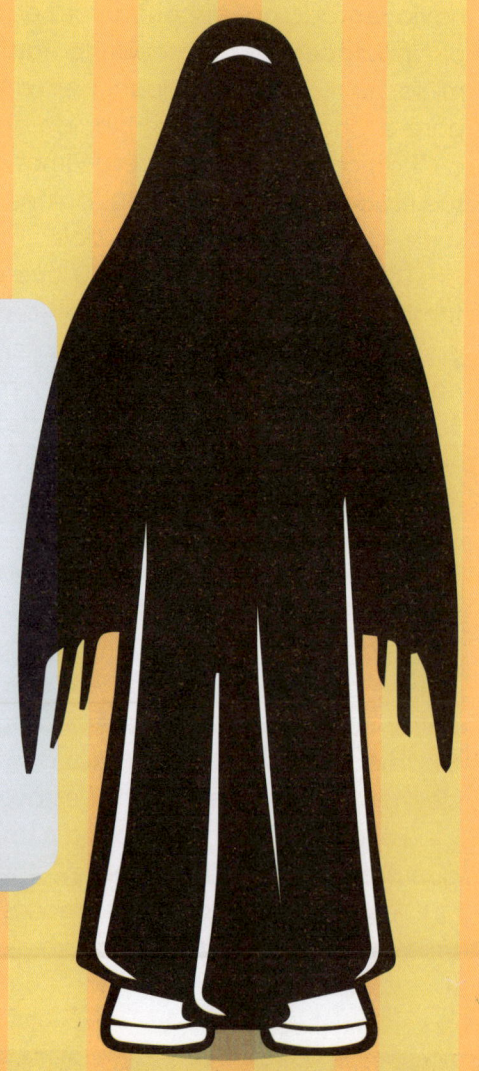

Nome: *Chamador Desconhecido*
Aniversário: ??????????
Comida preferida: ????????
Cor favorita: ???????
Qualidade: ?????????
Defeito: ????????
Poder que gostaria de ter: ????????
Animal de estimação: ?????????

FIGURAS DIRETAS

Escreva o nome de cada figura na direção indicada pela seta e descubra quem o Felipe viu na festa do condomínio.

MENSAGEM SECRETA

Coloque nos círculos a primeira letra do nome de cada uma das figuras abaixo e você irá saber o que o Felipe achou do Palhaço! Ele era muito...

||| O PAR CORRETO

A Ju quer saber se você consegue relacionar cada desenho com seu par ao lado. Ligue cada par com um traço.

||| PARA COLORIR

O desenho mostra quando O Chamador Desconhecido se aproxima do Felipe e da Ju. Para entender a cena, dê cor ao desenho.

Parabéns!
Você conseguiu a medalha do Sucesso!

SEM TEMPO MARCADO RUMO AO CLUBE 3AM

A cada passo que dávamos, eu sentia que chegávamos mais perto de descobrir a verdadeira identidade do Chamador Desconhecido... mas, ao mesmo tempo, tínhamos a impressão de que estávamos cada vez mais longe. Mesmo com tantas armadilhas, nem todas funcionavam. Sentíamos que o Chamador estava cada vez mais esperto, percebíamos a situação toda as vezes que tentávamos pegá-lo.

A Ju considerava a possibilidade de termos mais pessoas nos ajudando nessa busca. E, para ser sincero, eu concordei com ela. Percebi que somente a nossa equipe não daria conta, já que o Chamador é ardiloso e cheio de artimanhas. Precisávamos de mais gente ajudando na pesquisa e na análise dos fatos.

Foi aí que decidi criar o Clube 3 AM. Veja como essa ideia é perfeita! Porque além da Ju, da Rapha, da Isa e de mim, teríamos amigos de lugares diferentes e com idades diferentes que poderiam ajudar a esclarecer o mistério. Papais e mamães, nossa equipe também conta com a ajuda de vocês. Dizem que duas cabeças pensam melhor que uma e que três pensam melhor que duas: e por aí vai!

Imagine onde podemos chegar com uma grande equipe do 3 horas da manhã contribuindo? Poderemos reunir várias ideias e, principalmente, criar novas armadilhas para atrair o Chamador Desconhecido. Tenho certeza de que ele não vai ser mais esperto que todos nós juntos, né galera? E o melhor, você agora poderá fazer parte do nosso clube. Venha, embarque nesta aventura conosco!

Para participar, é só cortar e preencher a carteirinha que está na orelha do livro e colar a sua foto. A carteira do Clube 3 AM é mega, hiper-rara, porque só eu tenho ela. Assim será a sua. Vai ser super, mega, hiper-rara. Não esqueça de guardá-la bem. Ande com ela para sempre ser identificado como um membro do Clube 3 AM.

Ah! mas antes de se considerar um integrante do clube, você precisa fazer todas as brincadeiras e atividades do livro. A cada atividade concluída, você ganha uma medalha. No final do livro, quando já tiver recebido todas as medalhas, você estará apto a ter a sua carteirinha do Clube 3 AM e integrar a minha equipe de investigação.

Mas não esqueça! O principal requisito para participar do clube é se divertir pra valer. Use a sua criatividade e venha desvendar o mistério do Chamador Desconhecido comigo!

||| QUEM É O CHAMADOR?

Ajude o Felipe a descobrir quem é o Chamador Desconhecido montando a figura que você imagina por trás do disfarce. Nas próximas páginas você vai encontrar algumas peças para recortar e colar na figura abaixo.

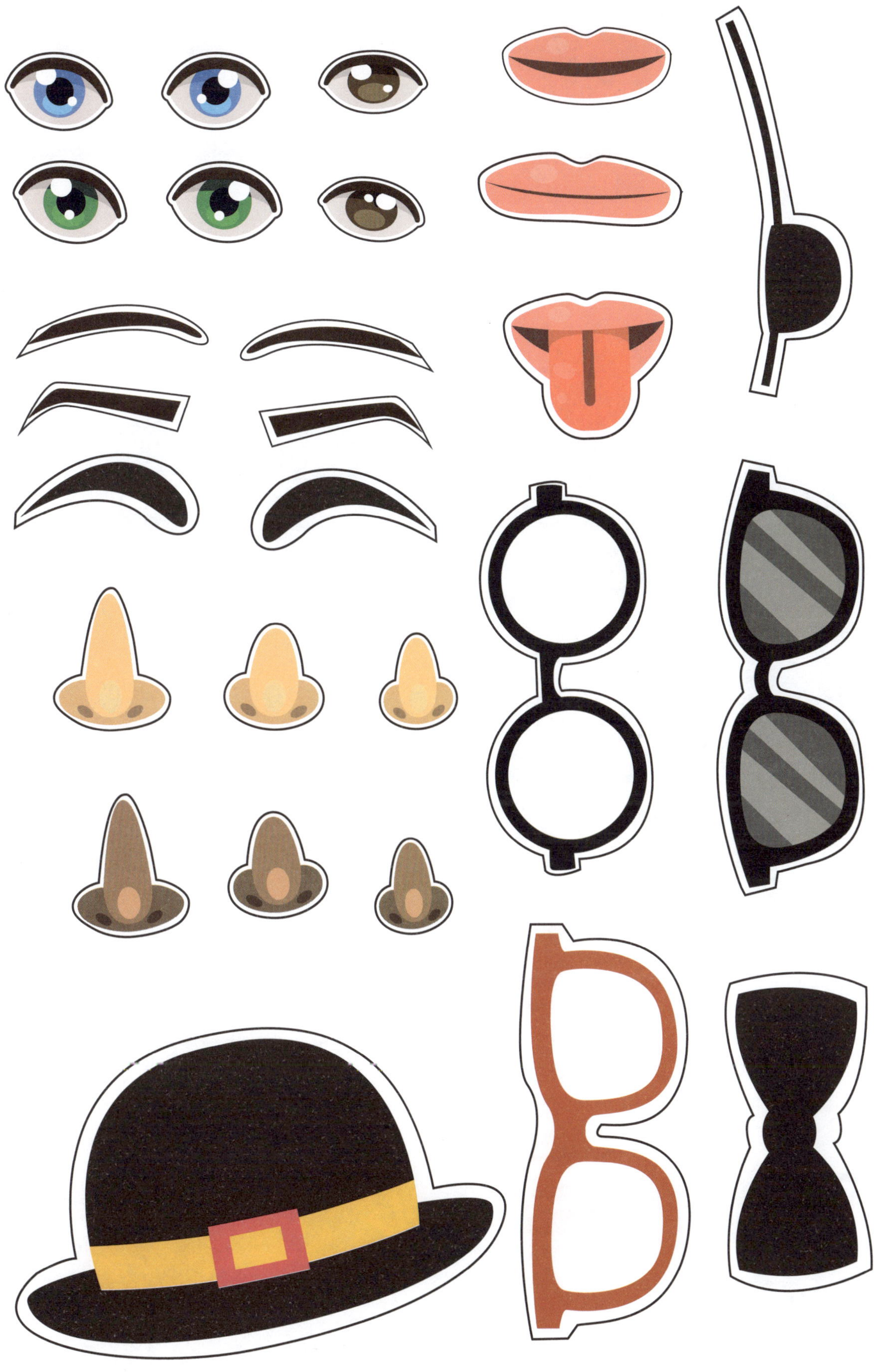

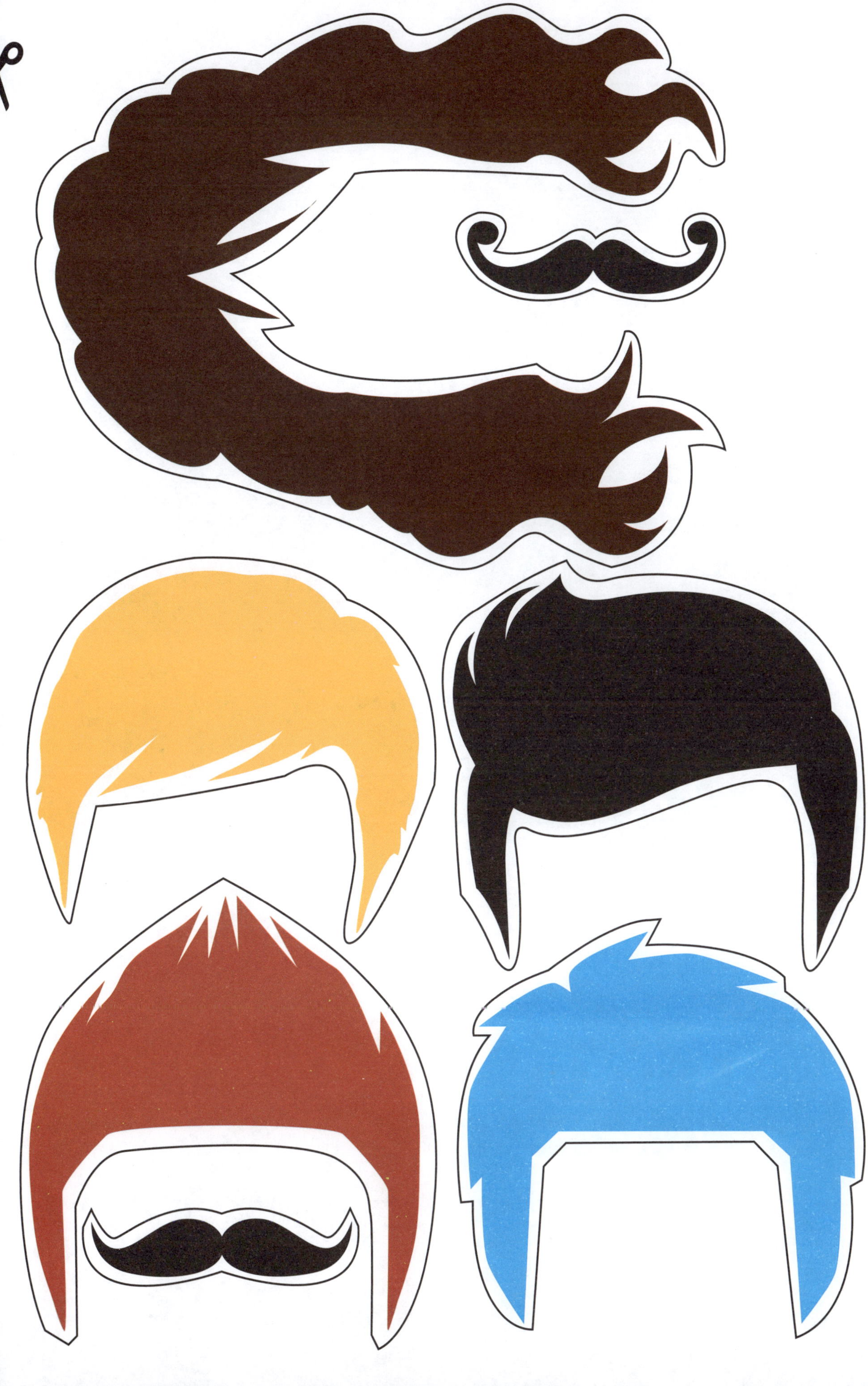

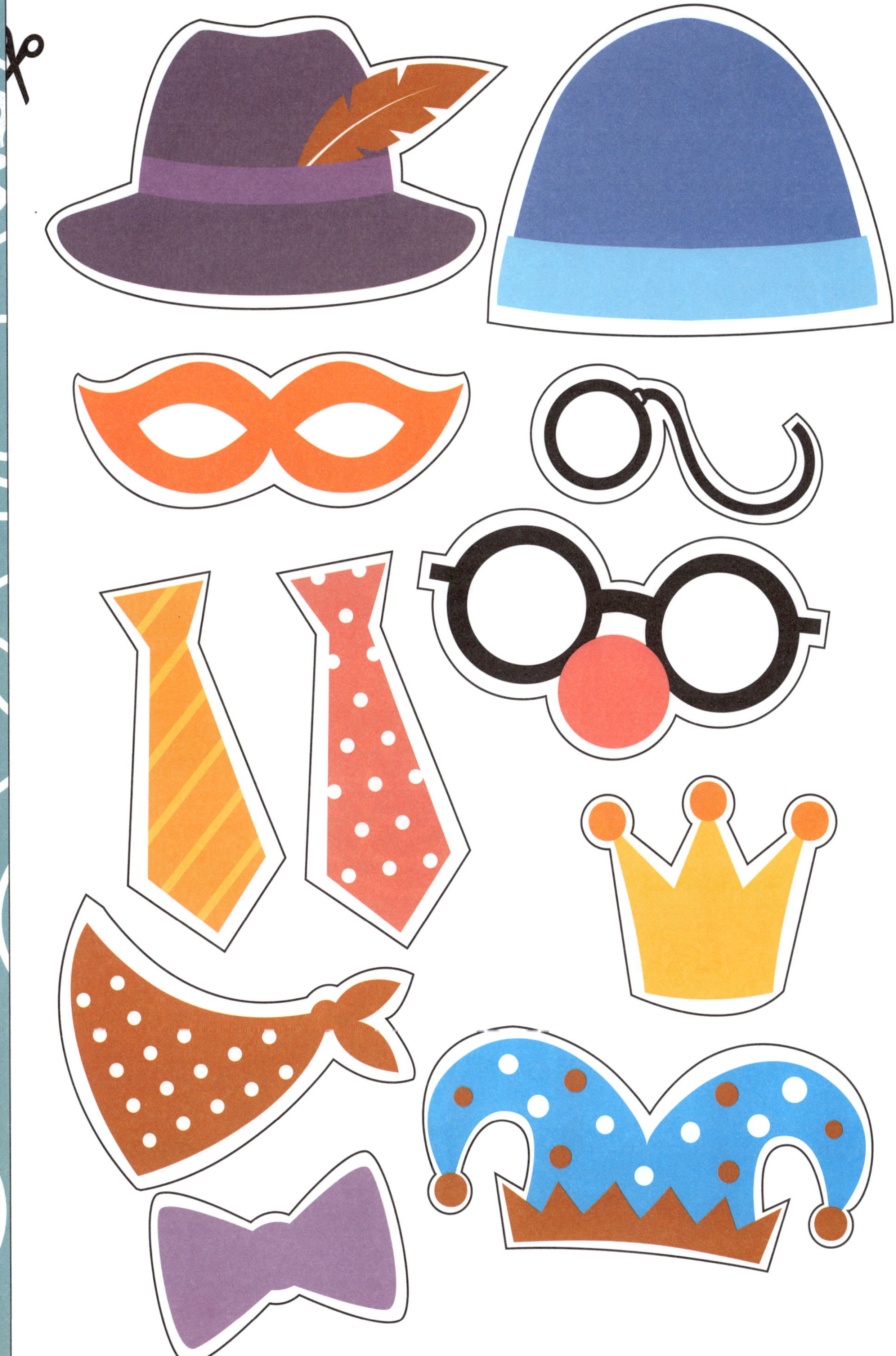

SOLUÇÕES

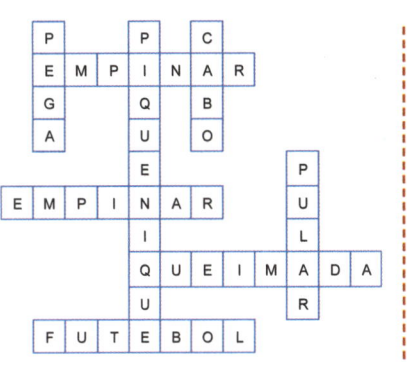

7

8

9

HÁBITO
TIRANO
CUIDAR
GENTIL
PEQUIS
FRUTAS
CRENÇA
MEDIDA
ELOGIO
DESEJO

10

BEBÊ CHORANDO
ALARME
RONCO
MIADO
VUVUZELA

11

5	3	7
1	8	6
9	4	2

✓ A rua.
✓ O segredo.
✓ O sono.
✓ A porta.
✓ A saúva.
✓ Um olho-mágico com conjuntivite.
✓ O relógio.
✓ Uma ervilha prendendo a respiração.
✓ Uma formiguinha de calça jeans
✓ Um yellowcóptero.

13

O CHAMADOR DESCONHECIDO ESTÁ CHEGANDO

12 CUIDE BEM DOS SEUS BRINQUEDOS

14
CERTO (F)
CERTO (E)
ERRADO (M)
CERTO (U)
ERRADO (R)

FÊMUR

17
Crossword:
- BONÉ
- MOCHILA
- CADERNO
- CELULAR
- LÁPIS
- SUCO

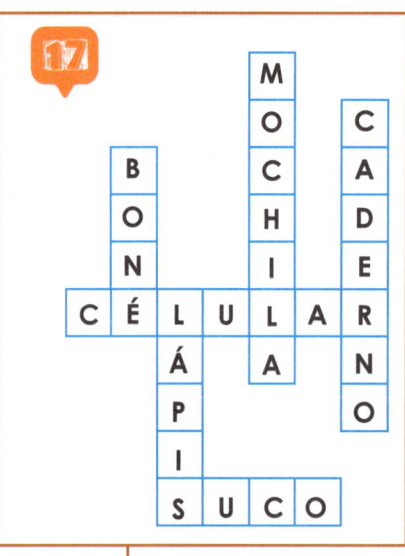

18
MARTIN COOPER

19
(atividade de observação)

20
- MENSAGEM
- FEIRA
- FLERPO (FLERP)
- BRINQUEDO
- BARULHOS
- CORRENTES
- MADRUGADA
- GRADE
- LANCHE
- DESCONHECIDOS
- CELULAR
- MOCHILA

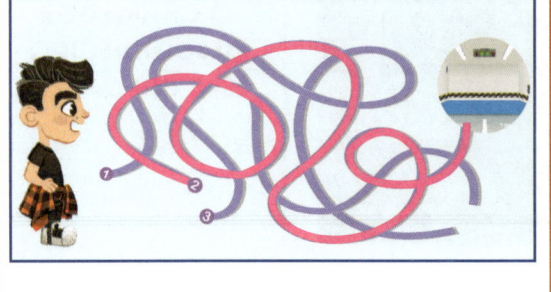

21
- CELULAR
- PARQUINHO
- PAPEL
- GARRAFA
- GARAGEM
- BRINQUEDOS
- LÁPIS
- MOCHILA
- LARANJA

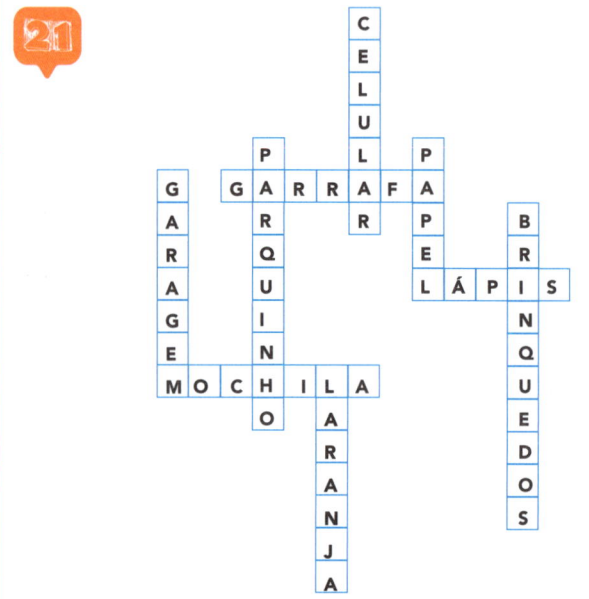

22
- JUSTIFICA
- DONO
- ONDA
- QUALIDADE
- GARAGEM
- PATO
- EFICACIA
- GARRA
- FELICIDADE
- DELICADEZA
- MOR

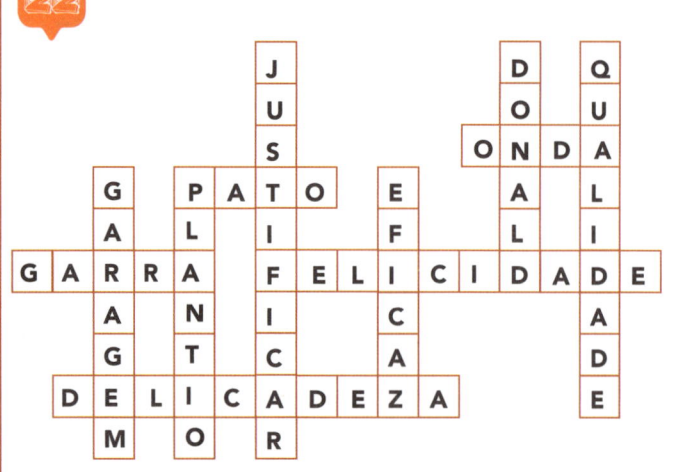

38

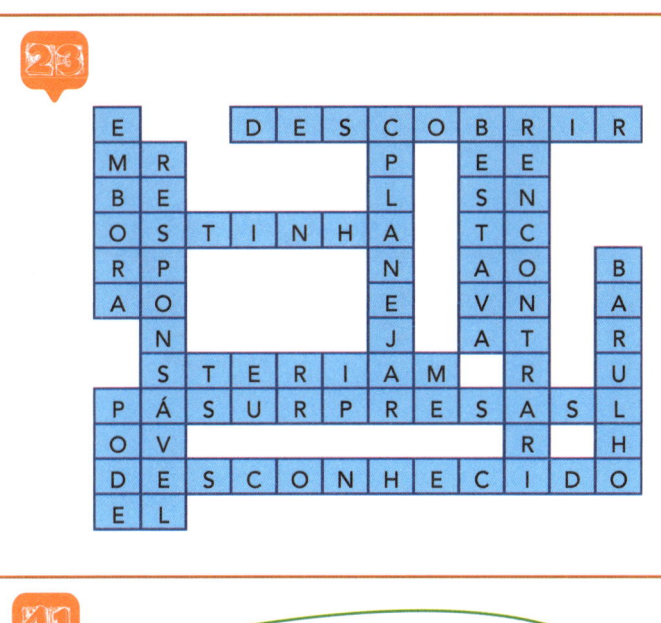

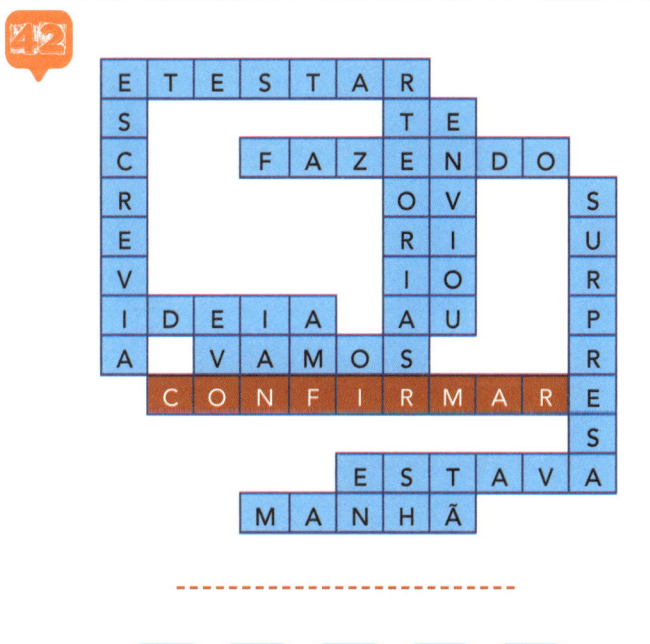

Crossword:
- DESCOBRIR
- EMBORA
- RESPONSÁVEL
- BESTINHA
- OSTINHA
- PLANEJ...
- PENSATIVA
- ENCONTRAR
- BARULHO
- TERIAM
- SURPRESAS
- DESCONHECIDO

39

VOCÊ (PENSOU QUE) EU SUMI? (ERRADO), EU (VOLTAREI)!

40

(image with green circles marking items in a bedroom scene)

41

- CAT — (gato)
- FISH — (peixe)
- WOMAN — (mulher)
- ORANGE — (laranja)
- BIRD — (pássaro)
- HAND — (mão)
- CAKE — (bolo)
- CAR — (carro)
- HORSE — (cavalo)

42

Crossword:
- ETESTAR
- ESCREVIA
- FAZENDO
- TE...
- OVO
- RIO
- IDEIA
- AU
- VAMOS
- SURPRESA
- CONFIRMAR
- ESTAVA
- MANHÃ

MA - DR - UG - A - DA → MADRUGADA

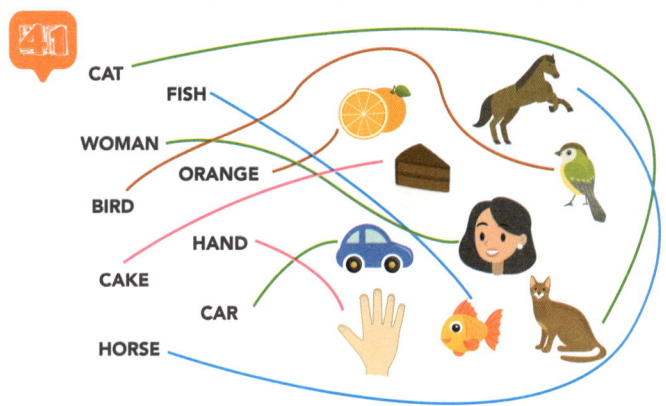

43

✓ NÃO
✓ NÃO
✓ SIM
✓ NÃO
✓ DUAS
✓ TRÊS
✓ NÃO
✓ NÃO

44

J U
RAPHA A
I S A

45

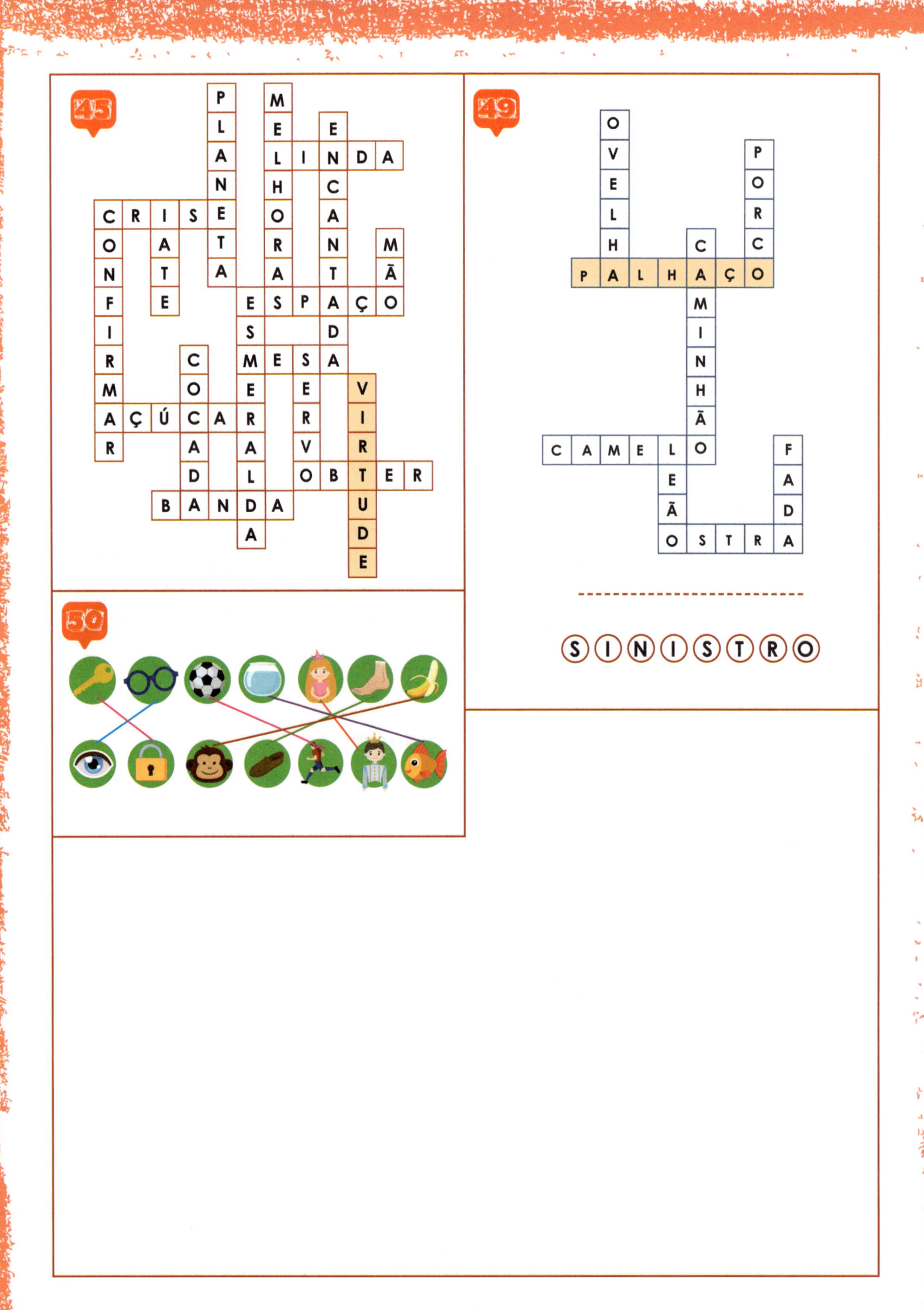

```
        P   M   E
        L   E   E
        A   L   L
    C   N   H   I   N   D   A
    R   I   S   E   C
    A   T   E   C   A
    T   A       N
    E           T       M
                        Ã
            E   S   P   A   Ç   O
            S       D
        C   M   E   S   A
        O   E       A
    A   Ç   Ú   C   A   R   V
    R   A   R   A   V   I
        D       L   O   R
        A       D   B   T   E   R
        B   A   N   D   A   U
                A       D
                        E
```

49

```
O                   P
V                   O
E           C       R
L           A       C
H   P A L H A Ç O
    M I N H Ã
C A M E L O     F
E               A
Ã               D
O S T R A
```

- - - - - - - - - - - - - - - - -

Ⓢ Ⓘ Ⓝ Ⓘ Ⓢ Ⓣ Ⓡ Ⓞ

50

LINHA DAS DESCOBERTAS DO FELIPE E DA JU

Descobrimos que existem passagens subterrâneas por onde o Chamador Desconhecido consegue atravessar e chegar em outros lugares.

Descobrimos uma abertura na parede da garagem onde existe acesso para os três andares das garagens.

Descobrimos que os barulhos estranhos vinham das escadas.

Descobrimos que o último andar do prédio acendia e piscava.

Descobrimos que coisas estranhas aconteciam no 21o. andar. Fomo verificar e quando saímos, encontramos o Chamador Desconhecido, mas felizmente, conseguimos fugir.

Descobrimos uma passagem na garagem a qual o palhaço e o Chamador Desconhecido usavam. Esta faz conexão com a passagem embaixo da rampa.

Descobrimos que o palhaço e o Chamador Desconhecido caminham pela a área da piscina às 3AM. Lá também existe uma passagem secreta no chão.

Descobrimos que na área da piscina coberta tem uma ligação com a escada da garagem, pela qual o Chamador Desconhecido transita.

Descobrimos que o palhaço se esconde na outra torre do condomínio. Lá existem vários balões vermelhos.

E agora?
Agora! Estamos tentando descobrir como entramos por todas estas passagens e como podemos ter acesso aos túneis subterrâneos.

E depois?
Depois! Tentar descobrir a identidade do Chamador Desconhecido. Você me ajuda?

Então, vamos lá. Conto com você!

Diretor-presidente:
Jorge Yunes

Diretora editorial:
Soraia Reis

Edição:
Chiara Mikalauskas Provenza

Assistência editorial:
Julia Braga

Desenvolvimento de atividades:
Júlio de Andrade Filho

Revisão:
Nina Rizzo

Coordenadora de arte:
Juliana Ida

Diagramação e projeto de capa:
Vitor Castrillo

Ilustrações de personagem e cenas:
Jéssica Machado

Demais ilustrações:
iStock images

© 2019, Companhia Editora Nacional
© 2019, Felipe Calixto

Todos os direitos reservados. Nenhuma parte desta obra pode ser reproduzida ou transmitida por qualquer forma ou meio eletrônico, inclusive fotocópia, gravação ou sistema de armazenagem e recuperação de informação.

1ª edição – São Paulo

CIP-BRASIL. CATALOGAÇÃO NA PUBLICAÇÃO
SINDICATO NACIONAL DOS EDITORES DE LIVROS, RJ

C159t

Calixto, Felipe
  3 da manhã : o mistério do chamador desconhecido / Felipe Calixto; ilustração Jéssica Machado. - 1. ed. - Barueri [SP] : Companhia Editora Nacional, 2019.
  64 p. : il. ; 28 cm.

  ISBN 978-85-04-02119-6

  1. Ficção. 2. Literatura infantojuvenil brasileira. I. Machado, Jéssica. II. Título.

19-60464

CDD: 808.899282
CDU: 82-93(81)

Meri Gleice Rodrigues de Souza - Bibliotecária CRB-7/6439
07/10/2019 14/10/2019

Companhia Editora Nacional

Rua Gomes de Carvalho, 1306, 11º andar – Vila Olímpia
São Paulo – SP – 04547-005 – Brasil – Tel.: (11) 2799-7799
www.editoranacional.com.br – marketing.nacional@ibep-nacional.com.br

Este livro foi publicado em Outubro de 2019 pela Companhia Editora Nacional e Impresso pela Gráfica Cipola.